Ursula K. Le Guin

QUIENES SE MARCHAN DE OMELAS

Ursula K. Le Guin
QUIENES SE MARCHAN DE OMELAS

Ilustraciones de
Eva Vázquez

Traducción de
Maite Fernández Estañán

Nørdicalibros
2022

Título original: *The Ones Who Walk Away From Omelas*

© 1973, por Ursula K. Le Guin
   Publicado por acuerdo con International Editors' Co.
   y Curtis Brown, Ltd.
   Se afirman los derechos morales de la autora
   www.ursulakleguin.com
© De la traducción: Maite Fernández Estañán
© De las ilustraciones: Eva Vázquez
© De esta edición: Nórdica Libros S. L.
C/ Doctor Blanco Soler, 26 - C. P. 28044, Madrid
Tlf.: (+34) 917 055 057
info@nordicalibros.com
Primera edición: mayo de 2022
ISBN: 978-84-18930-47-8
Depósito Legal: M-11760-2022
IBIC: FA
Thema: FBA
Impreso en España / *Printed in Spain*
Gracel Asociados
Alcobendas (Madrid)

Diseño de colección: Diego Moreno

Corrección ortotipográfica: Victoria Parra y
Ana Patrón

Con un clamor de campanas que hizo a las golondrinas alzar el vuelo, el Festival del Verano llegó a Omelas, la ciudad de las torres relucientes junto al mar. Las jarcias de los barcos destellaban en el puerto cubiertas de banderines. En las calles, las procesiones se movían entre las casas de tejados rojos y muros pintados, entre los viejos jardines cubiertos de musgo y por las avenidas arboladas, a través de los grandes parques y ante los edificios públicos. Las había decorosas: personas mayores con largas y rígidas túnicas de colores malva y gris, graves maestros de artes y oficios, mujeres serenas y alegres que iban charlando mientras caminaban con sus bebés en brazos. En otras calles, la música tenía un ritmo más trepidante; centelleaban los gongs y las panderetas, y la gente iba bailando: la procesión era un baile. Los niños correteaban y se escabullían, sus gritos agudos se elevaban como los vuelos cruzados de las golondrinas sobre la música y los cánticos. Todas las procesiones serpenteaban hacia la parte norte de la ciudad, donde, en la gran nava llamada Campos Verdes, niños y niñas, desnudos al aire brillante, con los pies y los tobillos tiznados de barro y unos brazos largos y ágiles, ejercitaban a sus caballos, nerviosos antes de la carrera. Los caballos no llevaban aparejo alguno, solo una brida sin bocado. Tenían las crines enjaezadas con cintas plateadas, doradas y verdes. Bufaban y daban brincos y se pavoneaban los unos ante los otros; estaban muy excitados, siendo los caballos los únicos animales que han adoptado nuestras ceremonias como propias. Lejos, al norte y al oeste, las montañas trazaban un semicírculo sobre Omelas y su bahía. El aire de la mañana era transparente, y la nieve coronaba aún los Dieciocho Picos, que ardían como un fuego de tonos blancos y dorados a través de kilómetros de aire luminoso bajo el intenso azul del cielo. Soplaba apenas el viento necesario para que las banderolas que señalaban la pista de carreras flamearan con esporádicos chasquidos. En el silencio de las extensas navas verdes podía oírse la música que culebreaba por las calles

de la ciudad, alejándose y acercándose más y más, una dulzura tierna y jovial en el aire, que de vez en cuando tremolaba y confluía y estallaba en un grandioso y alegre repiqueteo de campanas.

¡El júbilo! ¿Cómo hablarles del júbilo? ¿Cómo describir a los ciudadanos de Omelas?

No eran gente simple, aunque fueran felices. Sin embargo, hoy en día, no hablamos mucho de la felicidad. Las sonrisas se han vuelto arcaicas. Ante una descripción como la anterior, uno tiende a hacer ciertas suposiciones. Ante una descripción como la anterior, uno tiende a esperar que aparezca un rey, montado en un espléndido semental y rodeado de sus nobles caballeros, o quizás en una litera de oro tirada por musculosos esclavos. Pero no había rey. No usaban espadas, ni tenían esclavos. No eran bárbaros. No sé cuáles eran las reglas o las leyes de su sociedad, pero sospecho que eran sorprendentemente escasas. Igual que se las apañaban sin monarquía ni esclavitud, tampoco tenían bolsa, publicidad, servicios secretos ni bombas atómicas. Pero repito que no eran gentes simples, ni dulces pastorcillos, ni buenos salvajes o insulsos idealistas. No eran

menos complejos que nosotros. El problema es que tenemos la mala costumbre, alentada por gente pedante y rebuscada, de considerar la felicidad como algo bastante estúpido. Solo el dolor es intelectual, solo la maldad es interesante. Esa es la traición del artista: la negación a admitir la banalidad del mal y el terrible aburrimiento del dolor. Si no puedes vencerlos, únete a ellos. Si te duele, lo repites. Pero elogiar la desesperación es condenar el placer, abrazar la violencia es dejar escapar todo lo demás. Casi lo hemos dejado escapar; ya no podemos describir a un hombre feliz, ni celebrar la alegría. ¿Qué puedo decirles de la gente de Omelas? No eran niños ingenuos y felices, aunque sus hijos fueran, de hecho, felices. Eran adultos maduros, inteligentes y apasionados cuyas vidas no eran desgraciadas. ¡Oh, milagro! Pero me gustaría poder describirlos mejor. Me gustaría poder convencerles. Omelas suena en mis palabras como una ciudad de cuento, situada en un tiempo y un lugar remotos, hace muchos muchos años… Quizás sería mejor que se los imaginaran como ustedes quisiesen, asumiendo que lo harían bien, porque, ciertamente, no puedo formular una descripción que les encaje a

todos. Por ejemplo, ¿cómo era su tecnología? Creo que no habría automóviles por las calles, ni helicópteros sobrevolándolas; lo deduzco del hecho de que la gente de Omelas era gente feliz. La felicidad se basa en el discernimiento de lo que es necesario, lo que no es necesario pero tampoco destructivo y lo que es destructivo. En la categoría intermedia, sin embargo (la de lo innecesario pero no destructivo, la de la comodidad, el lujo, la exuberancia, etc.), podrían perfectamente tener calefacción central, metro, lavadora y todo tipo de maravillosos artilugios aún no inventados aquí: fuentes de luces flotantes, energía sin combustible, una cura para el resfriado común. O podrían no tener nada de eso; no importa.

Como quieran. Yo me inclino a pensar que, en los últimos días, la gente de las ciudades costeras ha ido llegando a Omelas desde el norte y desde el sur en trenes rapidísimos y tranvías de dos pisos, y que la estación de tren de Omelas es realmente el edificio más bonito de la ciudad, aunque más sencillo que el soberbio mercado de aldeanos. Pero, incluso con trenes, temo que a muchos Omelas les parezca un lugar demasiado beatífico.

Sonrisas, campanas, desfiles, caballos... puaj. Si es así, añadan, por favor, una orgía. Si una orgía ayuda, no lo duden. Pero, eso sí, olvídense de templos de los que salen hermosos sacerdotes y sacerdotisas sin ropa de camino al éxtasis y dispuestos a copular con cualquier hombre o mujer, amante o extraño, que desee la unión con la divinidad profunda de la sangre, aunque esa bien hubiera podido ser mi primera idea. En realidad, sería mejor no tener ningún tipo de templo en Omelas o, al menos, que no hubiera templos gobernados por humanos. Religión sí, clérigos no. Sin duda, bellos seres desnudos pueden pasearse por ahí, ofreciéndose como soplos divinos al hambre de los necesitados y al rapto de la carne. Dejemos que se unan a las procesiones. Dejemos que las panderetas suenen sobre las copulaciones, y que la gloria del deseo sea proclamada por los gongs, y dejemos (es un punto importante) que los retoños de estos deliciosos rituales sean amados y cuidados por todos. Lo que sí sé que no hay en Omelas es culpa. Pero ¿qué otra cosa debería haber? Pensé al principio que no había drogas, pero eso es puritanismo. Para los que quieran, la tenue y persistente dulzura del

drooz puede perfumar las calles de la ciudad; el drooz, que llena primero la mente y las extremidades de una enorme ligereza y brillo, y luego, después de algunas horas, de una languidez soñadora y de maravillosas visiones de los propios arcanos y los más profundos secretos del Universo, además de excitar el placer del sexo hasta niveles increíbles; y no es adictivo. Para gustos más modestos, creo que debería haber cerveza. ¿Qué más? ¿Qué más tendría que haber en la ciudad de la felicidad? El sentido de la victoria, por supuesto, la celebración del coraje. Pero igual que no hemos necesitado clérigos, tampoco necesitamos soldados. La alegría que nace del éxito de una masacre no es el tipo de alegría que queremos, no sirve: da miedo y es trivial. Una satisfacción ilimitada y generosa, un triunfo magnánimo que no requiere de un enemigo externo, sino que nace en cualquier lugar de la comunión con las almas más notables y hermosas de todos los seres humanos y del esplendor del verano del mundo: eso es lo que inflama los corazones de los habitantes de Omelas, y la victoria que celebran es la de la vida. En realidad, no creo que haya muchos que necesiten el drooz.

La mayor parte de la procesión ha llegado ya a Campos Verdes. De las tiendas rojas y azules de los avitualladores llega un olor maravilloso de comida. De los rostros de los niños rezuman dulces pegajosos; en la benigna barba gris de un hombre se enredan las migas de un sabroso pastel. Los chicos y las chicas han montado en sus caballos y empiezan a agruparse junto a la línea de salida de la carrera. Una anciana pequeña, gorda y risueña está repartiendo flores que lleva en un cesto, y jóvenes altos lucen esas flores en el pelo reluciente. Un niño de unos nueve o diez años está sentado donde acaba la muchedumbre, solo, tocando una flauta de madera. La gente se para a escucharlo, y sonríe, pero no le hablan, porque no deja de tocar y no los ve: sus ojos oscuros están completamente inmersos en la magia tenue y dulce de la melodía.

Termina y, despacio, baja las manos, sujetando la flauta de madera.

Como si aquel breve silencio fuera la señal, de inmediato llega el sonido de una trompeta desde el pabellón que se encuentra junto a la línea de salida: imperioso, melancólico, penetrante. Los caballos reculan sobre sus esbeltas patas y algunos relinchan respondiendo. Con el rostro sereno, los jóvenes jinetes acarician el cuello de los caballos y los tranquilizan, susurrándoles: «Tranquilo, tranquilo, amor mío, confío en ti...». Empiezan a formar a lo largo de la línea de salida. La multitud que se agolpa en la pista es como un campo de hierba y de flores que agita el viento. El Festival del Verano acaba de empezar.

¿Se lo creen? ¿Aceptan el festival, la ciudad, el júbilo? ¿No? Entonces, déjenme describir una cosa más.

En un sótano, bajo uno de los hermosos edificios públicos de Omelas, o quizás en la bodega de alguna de sus espaciosas casas privadas, hay una habitación. Tiene una puerta cerrada con candado, y sin ventana. Por las grietas de los tablones penetra, polvorienta, un poco de luz, filtrada a su vez por las telarañas de una ventana de algún lugar de la bodega. En un rincón del cuartucho se alzan un par de fregonas, con las tiras rígidas, apelmazadas, malolientes, junto a un cubo oxidado. El suelo está sucio, un poco húmedo al tacto, como suele ocurrir con la roña de una bodega. La habitación mide unos tres pasos de largo y dos de ancho: no es más que un armario escobero o un cuarto de herramientas en desuso. Hay alguien allí sentado. Podría ser un niño o una niña. Aparenta unos seis años, pero en realidad tiene diez. Tiene pocas luces. Quizás naciera así, o quizás se ha vuelto así por el miedo, la desnutrición y el abandono. Se hurga la nariz y a veces se toquetea los dedos de los pies o los genitales, mientras permanece en el rincón más alejado del cubo y de las dos fregonas. Tiene miedo a las fregonas. Le parecen horribles. Cierra los ojos, pero sabe que las fregonas siguen allí; y la puerta no puede abrirse; y nadie va a venir. La puerta siempre está cerrada; y nadie viene, salvo alguna vez —la criatura no entiende de horas o intervalos—; alguna vez la puerta chirría horriblemente y se abre, y una persona, o varias, aparecen. Puede que alguien entre y le dé una patada a la criatura para que se ponga de pie. Los demás no se acercan nunca, pero atisban lo que ocurre con ojos de miedo y disgusto. Apresuradamente, esa persona rellena el cuenco de comida y la jarra de agua; la puerta se cierra, los ojos desaparecen. La gente de la puerta nunca dice nada, pero la criatura, que no ha vivido siempre en el cuarto de herramientas, y es capaz de recordar la luz del sol y

la voz de su madre, a veces dice algo. «Me portaré bien —dice—. Por favor, déjenme salir. Me portaré bien». Nunca contestan. La criatura solía gritar pidiendo ayuda por las noches, y lloraba mucho, pero ahora solo emite una especie de gemido, «iaaa, iaaa», y habla cada vez menos. Su delgadez es tan extrema que carece de pantorrillas; su vientre es protuberante; vive a base de medio cuenco de maíz y grasa al día. No lleva ropa. Sus nalgas y sus muslos son una masa de pústulas, porque se sienta sobre sus propios excrementos todo el tiempo.

Todos saben que está allí, todos los que viven en Omelas. Algunos han ido a verla, otros se contentan solo con saber que está. Todos saben que debe estar allí. Algunos entienden por qué, otros no, pero todos entienden que su felicidad, la belleza de su ciudad, la ternura de sus amistades, la salud de sus hijos, la sabiduría de sus eruditos, la habilidad de sus artesanos, incluso la abundancia de sus cosechas y las venturosas condiciones de sus cielos dependen por entero del abominable sufrimiento de esta criatura.

Se les suele explicar a los niños cuando tienen entre ocho y doce años, según cuando parezcan ser capaces de entender; y la mayoría de los que van a verla son jóvenes, aunque bastantes veces hay un adulto que aparece, o que vuelve, para ver a la criatura. No importa lo bien que se les haya explicado, esos jóvenes espectadores sienten siempre conmoción y repugnancia. Sienten asco, aunque hubieran pensado estar por encima de eso. Sienten rabia, indignación, impotencia, a pesar de todas las explicaciones. Querrían hacer algo, pero no hay nada que puedan hacer. Si sacaran a la criatura de aquel vil rincón, si dejaran que viera la luz, si la lavaran y alimentaran y la consolaran, sería sin duda algo bueno; pero si lo hicieran, en ese día y hora, toda la prosperidad y la belleza y el encanto de Omelas se marchitarían y desaparecerían. Esas son las condiciones. Cambiar todas las bendiciones de la vida de cada habitante de Omelas por esa única y pequeña mejora; arrojar a la cuneta la felicidad de miles por la oportunidad de hacer feliz a uno: sería propalar la culpa dentro de los muros, sin duda.

Las condiciones son estrictas y absolutas: a la criatura no se le puede dedicar siquiera una palabra amable.

A menudo los jóvenes vuelven a casa llorando, o sin llorar pero furiosos, después de ver a la criatura y enfrentrarse a la terrible paradoja. Pueden darle vueltas durante semanas o años, pero, a medida que pasa el tiempo, empiezan a darse cuenta de que, aunque soltaran a la criatura, poco bueno se derivaría de su libertad: el vago placer del calor y la comida, sin duda, pero poco más. Se ha degradado y atontado demasiado como para conocer la verdadera felicidad. Ha vivido atemorizada durante demasiado tiempo como para librarse del miedo. Sus costumbres son demasiado rudas como para responder al trato humano. En realidad, después de tanto tiempo, seguramente se sentiría miserable sin aquellas paredes a su alrededor para brindarle protección, y sin la oscuridad para sus ojos, y sin sus propios excrementos para sentarse encima. Sus lágrimas ante tan amarga injusticia se secan cuando comienzan a percibir la terrible justicia de la realidad, y a aceptarla. Y sin embargo, esas mismas lágrimas, esa rabia, la pugna de su generosidad y la aceptación de su impotencia son quizás la verdadera fuente del esplendor de sus vidas. La suya no es una felicidad vacía o irresponsable. Saben que, como la criatura, no son libres. Conocen la compasión. Es la existencia de ese pequeño ser y el conocimiento de su

existencia lo que hace posible la nobleza de su arqui-
tectura, el patetismo de su música, la profundidad de su
ciencia. Es por la criatura por lo que son tan amables
con los niños. Saben que si no hubiera una desgracia-
da criatura gimiendo en la oscuridad, el flautista no podría tocar alegres melodías mientras los jóvenes y bellos
jinetes se sitúan en la línea de salida bajo la luz de la primera mañana del verano.

Ahora, ¿creen en ellos? ¿No son acaso más creí-
bles? Pero hay algo más que decir, y esto es bastante
increíble.

A veces, uno de los adolescentes, chico o chica,
después de ver a la criatura, no vuelve a casa a lamen-
tarse o enfurecerse: de hecho, no vuelve a casa. En oca-
siones, un hombre o una mujer mayores también se
quedan en silencio un día o dos, y luego abandonan sus
hogares. Esas personas salen a la calle y echan a andar
en soledad. Caminan y caminan, sin volverse, hasta salir de la ciudad de Omelas por sus hermosas puertas. Siguen caminando por las tierras de labranza de Omelas.
Cada una de ellas, chico o chica, hombre o mujer, en soledad. Cae la noche; el viajero ha de atravesar las calles

de las aldeas, dejar atrás las casas y sus ventanas con luces amarillentas, y salir a la oscuridad del campo. Cada uno en soledad, hacia el oeste o hacia el norte, hacia las montañas. Siguen. Abandonan Omelas, caminan en dirección a la oscuridad, y no regresan. El lugar al que se dirigen es para la mayoría de nosotros un lugar aún menos imaginable que la ciudad feliz. No puedo en modo alguno describirlo. Es posible que no exista. Pero parecen saber a dónde van, quienes se marchan de Omelas.

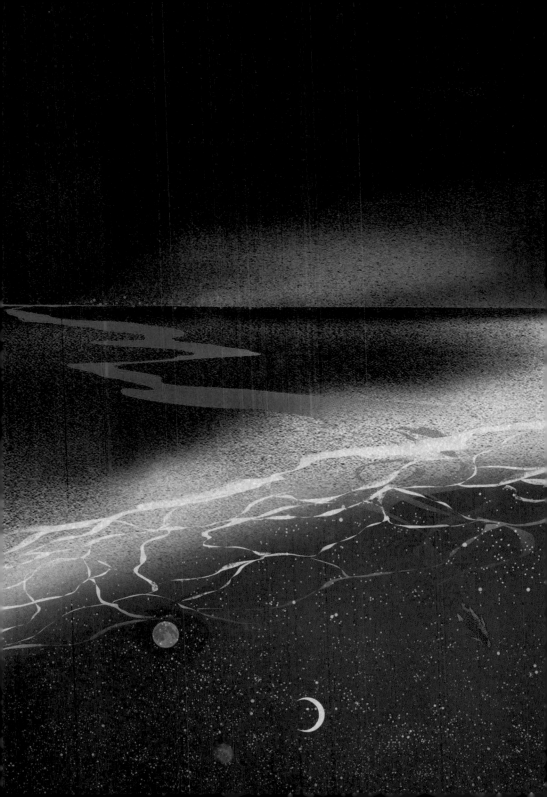

Este libro, compuesto en tipos Arno Pro 13/17
sobre papel offset Gardapat de 150 g,
se acabó de imprimir en Madrid el
22 de enero de 2022,
aniversario de la muerte de
Ursula K. Le Guin